다시, 민주주의
다시, 평화

수우당 동인지선 009

다시, 민주주의 다시, 평화

초판발행일 ｜ 2024년 11월 30일

지은이 ｜ 객토문학 동인
펴낸곳 ｜ 도서출판 수우당
펴낸이 ｜ 서정모
주 소 ｜ 51516 창원시 성산구 외동반림로 126번길 50
전 화 ｜ 055-263-7365
팩 스 ｜ 055-283-8365
이메일 ｜ dlp1482@hanmail.net
출판등록 ｜ 제567-2018-7호(2018.2.12)

ISBN 979-11-91906-37-0-03810

값 10,000원

＊시집은 2024년 경상남도, 경남문화예술진흥원의 문화예술지원금을
보조받아 제작되었습니다.

객토문학 동인 제20집

다시, 민주주의
다시, 평화

김성대 노민영 박덕선 배재운 이규석
이상호 정은호 최상해 표성배 허영옥

수우당

다시, 민주주의
다시, 평화

어느덧 20집을 발간하게 되었습니다, 되돌아보면 참 세월이 유수 같다고 말할 수밖에 없을 것 같습니다. 1990년 동인을 결성하고 의기투합했던 때가 주마등처럼 스쳐 지나갑니다. 1집을 내기까지 우리는 또 얼마나 많은 날을 원고 뭉치를 들고 밤을 새웠던가 그렇게 1집을 세상에 내놓으며 아웃사이드에서 제도권으로 진입을 우리 스스로 선언했었습니다. 세상을 객토하겠노라고 문학을 통해 세상의 야무진 짱돌이 되겠노라고 첫발을 떼고부터 쉬지 않고 달려왔습니다. 20집을 내며 이제 우리 스스로 객토를 말하기 전에 그동안 객토를 도와주시고 지켜봐 온 분들의 애정에 깊은 감사를 드립니다.

늘 현실 속 첨예한 문제들을 고민하여 왔듯이 이번 20집 기획 주제는 〈다시, 민주주의 다시, 평화 〉입니다. 과연 민주주의는 어떠해야 하는지 고민해야 할 때가 아닌지 다시, 평화를 고민해야 할 때가 아닌지 생각을 하게 됐습니다. 민주주의의 사전적 의미는 대략 다음과 같이 말하고 있습니다. 국민이 권력을 가지고 그 권력을 스스로 행사하는 제도, 또는 그런 정치를 지향하는 사상, 기본적 인권, 자유권, 평등권, 다수결의 원리, 법치주의 따위를 그 기본 원리로 한다고 정의하고 있습니다. 이러한 민주주의를 쌓아오고 지켜오기까지 얼마나 많은 피의 역사를 써왔습니까? 그런데 현실은 민주주의가 무너지고 있습니다. 민주주의는 없고 불통만 난무하고 있습니다. 지지율 20% 밖에 되지 않는 지도자와 정권을 향해 퇴진을 요구하고 있습니다.

다시, 평화를 생각해봅니다. 평화란 무엇입니까? 사전적 의미는 이렇게 말하고 있습니다. 평온하고 화목함, 전쟁, 분쟁 또는 일체의 갈등이 없이 평온함, 또는 그런 상태라고 합니다. 그런데 현실은 어떻습니까? 평화가 없습니다. 전쟁과 갈등만 난무하고 있습니다. 지금 지구상에 가장 큰 갈등은 전쟁일 것입니다. 러시아의 우크라이나 침공, 이스라엘과 헤즈볼라 전쟁, 이러한 상황 속에서 우리 대한민국은 어떠합니까? 그동안 평화를 위한 노력이 물거품 되고 말았습니다. 서로를 신뢰하지 않습니다. 서로를 자극하면서 갈등을 조장하고 있습니다. 강대 강 대치국면은 결국 서로가 불행의 길로 들어서게 될까 봐 심히 우려스러운 일일 것입니다.

　이러한 첨예한 현실 속 문제들을 고민하면서 1부에는 기획 주제 〈다시, 민주주의 다시, 평화〉를 문학 속으로 끌어와 각각의 목소리로 풀어보았습니다. 그러나 늘 느끼는 문제지만 다소 부족한 나름의 한계들은 있지 않았나? 생각이 듭니다. 그리고 2부에는 동인 개개인의 개인적 문학적 작품들을 실었습니다. 돌아보면 늘 아쉬움이 남지만, 앞으로도 저희 객토 문학동인은 스스로 거듭나기 위해 노력하고자 합니다.

2024년 10월
객토 문학동인

다시, 민주주의
다시, 평화

제2부

시 마당

제 1 부

다시, 민주주의
다시, 평화

노량 바다, 장군의 이름으로

소나무 울창하고 동백꽃 핀 첨망대 숲은
목숨을 잃은 수십만의 조선 백성들은
죽어서도 코를 베인 무수한 조선군은
중남미 농장, 일본 광산에 노예로 팔려간 사람들은
그저 장군의 수자기帥字旗를 바라보고 있는데
일본의 불법 식민 지배는 모르쇠
굴욕 외교에는 당당한 사람들 있다
그 꼬락서니에 장군은 무슨 생각 하실까
"이 원수를 갚을 수 있다면 죽어도 여한이 없겠나이다"
죽비가 아니라 결연하게 긴 칼로 호령할 것이다

"전쟁이 한창 급하니 나의 죽음을 알리지 마라"
이순신 장군의 유언이 들리는 노량 바다는
한결같이 장군의 이름으로 명命 하고 있다
전범들이 안치된 신사에 참배를 하는 한
위안부, 강제징용 범죄를 사죄하지 않는 한
독도를 일본 땅이라 계속 우기는 한
언제나 필생즉사의 각오로 싸우라고

과거사 반성 없는 일본과의 미래 관계는 껍데기니
외세보다 우리 겨레 힘과 지혜 모으는 길이 알맹이니
알맹이는 오라
노량 바다에서 다시 이 땅의 평화를 그려 본다

잠깐, 꿈

우리 겨레의 명산 지리산 노고단에서 반야봉 천왕봉 구름바다에 빠져들었다 세상에나 이런 경치가 자손만대 영원하면 좋겠는데 아 아름다운 조국 산천에 전쟁의 먹구름 가득하니, 금강산에 또 가보고 싶은데 가볼 수가 없구나 "일없습네다" 지난 2007년 창원 5.1 남북노동자 통일대회에서 만난 평양 철도 노동자의 목소리 다시 듣고 싶은데 아 남북 사이 대화의 문이 닫혀 있으니, 2007년 그해 10·4 남북 공동선언이 가져올 통일 세상을 그려보는데 아 평화 통일의 시계는 거꾸로 가고 있으니, 10.4 선언에서 합의한 백두산 관광과 백두산–서울 직항로, 서해평화협력특별지대 설치와 공동 어로, 경제특구 건설과 해주 직항로, 안변 남포 조선협력단지, 개성공업지구 2단계 건설, 정전체제 종식을 위한 종전 선언 추진, 이산가족 상봉 확대.... 언뜻 다시한반도의 평화와 번영으로 가는 세상을 그려보는데, 구례막걸리가 기다린다고 빨리 가자는 벗들의 성화에 천왕봉 구름바다에 그만 빠지고 말았네

행동 민주주의

민주주의는 이제
아무 때나 붙이고 떼는 편리한 노리개가 되어
왜곡된 민주주의 퇴행을 한탄할 뿐
바로잡거나 안타까워하는 이가 없다.

특권층만의 자유와 권리를 보장하며 실현되고
그들끼리 이익을 나누어 가지며 평등을 지향하는
특권 민주주의로 변절 되고부터
주권은 국민에게 있고
모든 권력은 국민으로부터 나온다는 말을
누구도 쉽게 믿지 않는다.

민주사회를 바라는 민심은
달랑 투표지 한 장에만 전부를 걸 뿐
아무런 책임도 의무도 지고 싶지 않은
얄팍한 민주주의가 되어
다시 민주주의 회복은 길을 헤매고 있다.

민생의 역경을 남 탓으로 덮는 무책임한 시대

정당한 목소리를 겁박하며 틀어막는 공포의 시대
내 편이면 무조건 감싸는 무지몽매한 시대
권력 앞에 저항 없이 함구로 용인하는 아첨의 시대
소통과 조화를 거세하는 불공정과 비상식의 시대
사사건건 민의를 거부하며 뭉개는 권력남용의 시대

이도 저도 말고 이만큼만 히디라도
민주사회가 다시 일어날 이유는 충분하고도 넘치고
방방곡곡 달아오른 도화선에 개혁의 불씨를 댕기는 것은
모든 권력은 국민으로부터 나오는 것을 다시 새기고
주권이 국민에게 있음을 몸소 보이는 것이다.

평화를 쏘아 올리는 전쟁

뜨거운 나라에도 추운 나라에도
너도나도 가슴을 찢고 피를 흘리며
전쟁의 포성이 울린다.

복수를 위해 욕심을 채울
한 치 땅을 빼앗기 위해
죽고 죽이는 원한을 부풀리며 만행이 자행되고
무자비한 파괴가
서서히 고통을 조이며 희망을 말린다.

아득한 시대부터
한민족이 되었다가 이민족이 되었다가
붙고 떨어지며 싸우고 죽이는
반복하는 전쟁의 역사

너와 내가
원수가 되어 싸우기를 바란 적 없는데

애국의 이름으로 신의 이름으로

서로에게 겨눈 총 칼
이 살육의 축제는 누구의 몫인가.

우리 서로가 살길을 위해
쏘아 올려야 할 이름은
평화

자살골

촛불들고 한양으로 밀고가
태풍과 싸워 얻은 고지인데
어떻게 쌓아온 항일탑인데
어떻게 만든 판문점선언인데
어떻게 잡은 손인데

어떻게 지켜온 평화인데
어떻게 지켜온 주권인데

어떻게 어떻게 지켜온 나라인데

연일 자살골을 넣고있다

풍전등화

흔들리지 않는다면 그게 등불인가
꺼지기 직전의 바람 앞에서야 비로소
심지의 힘이 보인다.

태풍 불지 않는 바다는 썩는다.
위험에 처한 바다가 해일을 타고 청소하듯이

방약무도와 경천동지의 하늘 아래
뻔뻔한 욱일기 버젓이 휘날리던 치욕의 하늘 아래
뒤집힌 상식과 공정에 성난 풀들의 땅 위로
우뢰치며 심판하는 강풍이 분다.

심지가 곧추선다. 일렁이며 서울로 간다

민주주의 꽃

공정과 상식이 증발하고부터
사람을 사람으로 보지 않고
무자비한 토끼몰이로 몰고 몰아
사냥하듯 짓밟는 그 권력의 힘

인권유린의 바람 세차게 불어도
바람에 흔들리며 피는 저 꽃
흔들리다 꽃잎 떨어뜨리기도 했고
때론 강풍에 온몸으로 맞서다
꽃대가 부러지기도 했지만
뿌리는 흔들림 없이 버티었고

살을 에는 찬 바람 불고 갈 때마다
마음 깊숙히 뿌리내릴 저 꽃을 위해
인권유린으로 득실거리는 악충들
사람 냄새의 따뜻한 바람으로 박멸하고

사람이 사람답게 사는 세상에
사람의 향기 가득 품고 피어날
아름다운 저 민주주의 꽃

한반도 그 열림을 위해

거짓 없는 순백의 땅 위로
고구려 백제 신라가 같은 색 되었듯
백두 맹부 낭림 금강 거쳐
설악 태백 지리 한라의 당당 소리들
한 민족의 핏줄로 일어선 산맥들 되고

전단지 고무풍선 무인기로
유치한 아이들 장난도 아닌
서로께 도움 되지 않는 이 짓거리
남과 북 감정의 골만 깊어져
제2의 6.25 전운이 감도는
일촉즉발의 팽팽한 이 긴장감

남과 북 똑. 딱. 똑. 딱 오고 가는
탁구공처럼 만남의 대화를 열고
평양에서 서울로 오고 가며 열리는
축구공같이 사상의 두꺼운 장벽 뻥 뚫어

한반도 어느 곳이든

오일장 날 허름한 주막에서 만나도
살갑게 정 담은 웃음의 잔 주고받으며
다 함께 뜨거운 가슴으로
아리랑 노래 목청껏 부를 수 있는
우리는 살아 푸른 배달민족이다

말 한마디에

뜯겨 나가고 무너지고 쓰러지고 날리고
태풍의 상륙으로 전쟁터가 되었다 한다

언제부터인가
사는 일이 전쟁이라고
살아가는 곳이 전쟁터라고
자연과 전쟁을 하며 살아간다는 표현을 들으며
늘 전쟁 속에서 살아가는 세상을 본다

전쟁이 없으면 살 수 없는 세상
전쟁은 늘 당연히 일어나고 있다고
전쟁은 늘 일어나야 하는 일이라고
나도 모르게 인식하며 살아가는 날들

평화를 꿈꾸며
안정된 삶을 살자고
평온한 하루를 보내라는 인사말도
무심한 듯 문자로 보내고 나면

쉬는 일도

잠자는 일도

전쟁터 같은 세상에서

싸우며 얻어야 하는 일인지 싶어

눈뜰 내일이 두려워

잠들기도 두렵다

다시, 민주주의다

누군가를
권좌에서 끌어내리는 일이
어디 쉬운 일이던가

그것도
국가 공권력을 사적으로 휘두르는
권좌라면

눈을 막고
귀를 막고
민의를, 억누른다면

탄핵도,
쿠데타도, 주권 민주주의다

그래
다시, 민주주의다

우리의 소원은 통일이다

북으로,
남으로,
풍선을 띄워
대북 전단과 달러를,
쓰레기를,
보내는 일
전쟁을 위한 전초전이다

개성공단을 열고,
다정하게
초코파이를 나누던
원산 앞바다에
평화의 유람선을 띄우고
금강산 관광을 갔던 기억

딱,
그때만큼만

우리의 소원은 통일이다

우리 애들에게서 손 떼!

대학생들의 가자지구 전쟁 반대 시위가

미국 전역을 깨우고 있다 60, 70년대 베트남 반전시위를
했던 것처럼

컬럼비아대 학생들의 농성 투쟁 시작으로

다른 대학들에도 잇따라 농성장이 설치되자

보호받지 못하는 폭력시위라고 규정짓고

경찰들 강경조치 시위진압에 나섰는데

'우리 애들에게서 손 떼!'

학생들 보호하는 피켓을 든 스승들 모습이 단호하고 처
절하다

시위대는 단순히 전쟁 반대만을 외치는 것이 아니다

이 지구상에 만연한 자본의 폭력을 규탄하고 있다

시위에 동참한 스페인 대학생들과

영국 대학가로 번지는 전쟁 반대 시위에도

정작 언제 전쟁이 나도 이상할 것 하나 없는 한반도

대한민국 대학가는 조용하다

군부독재로 나라가 위태로울 때

지성의 요람 대학생들의 용기와 산업전사로 천대받던

노동자들의 헌신이 오늘날 대한민국에

민주주의를 낳았던 뜨거운 가슴이었는데
늦은 밤 졸며 집으로 돌아가는 길
시내버스에 앉아 쏟아지는 졸음을 쫓으며
아무것도 할 수 없는 내가 무력하다
라디오에서 들려오는 아나운서 목소리에서
포성소리를 듣는다
계속되는 폭격에 파괴된 학교가 보이고
저녁 밥상을 향해 날아오는 포탄이 보인다
언제 깨질지 모르는 이 유리병 같은
저녁 하늘이 불안하다

마산 국화축제

마산을 민주성지라 부른다 아니 정확하게는 그렇게 불
렸던 때가 있었다 마산에 살지않아도 마산을 알수 있었던
그 시절 마산이 야성의 도시로 불리던 때 이야기다 독재하
면 이승만 박정희 전두환을 빼놓을 수 없지만 독재타도 하
면 마산을 빼 놓고는 말이 안 되던 시절이 있었다 그런 마
산에 독재자를 찬양하고 기렸던 자의 이름을 따 국화축제
를 하겠다고 한다 일명 마산 '기고파' 국화축세나 서리마다
"3 · 15와 부마항쟁 모독하고 독재부역자 이은상을 찬양하
는 마산 '가고파' 국화축제 반대한다"는 현수막 앞에서 다시
민주성지의 깃발이 올랐다 봄이면 한반도를 붉게 물들이며
북상하는 진달래처럼 가슴이 띈다

우리

당신과 내가 나란히 서서
한쪽이 너무 무겁거나
한쪽이 너무 가볍기라도 하면
당신과 나 사이 균형이 무너지고 마는
민주주의를 균형이라고 해도 될까

당신과 내가 나란히 걸으며
한 발이 너무 앞서거나
한 발이 너무 뒤처지거나 하면
당신과 나 사이가 멀어지고 마는
민주주의를 동행이라고 해도 될까

물이 아래로 흐르는 것처럼
당연한 것이 당연하게 받아들여지는
봄꽃이 피고 열매가 맺히는 것처럼
자연스러운 것이 자연스럽게 스며드는
민주주의를 상식이라고 해도 될까

균형이 무너지는 곳에

상식이 설 자리가 없어지거나
상식이 통하지 않는 곳에
균형이 자리 잡지 못하는 것과 같이
균형을 잡아주고
상식이 통하는 것이 동행이지 않을까

균형과 상식이라는 양 손바닥이 마주쳐야
아침 햇살이 어둠의 시간을 부드럽게 밀어내고
함께 하루를 살아내는 것
이것이 민주주의가 아닐까

나무 그늘 같은 평화

나무를 심을 때는
그늘을 생각하지 않는다는데
이 움막 같은 농막을 지을 때부터
낮은 숨소리를 욕심처럼 듣고 싶었는지 모른다
햇살이 비치고 아침 새소리가 하루를 여는
이런 호사를 누려도 되나
티브이도 없고 카톡도 되지 않고
심심찮게 울리는
재난 문자마저 제쳐 두고 나면
긴장하지 않아도 새벽에 눈이 먼저 떠진다
몸과 마음을 야금야금 갉아
하루를 살기 위해 하루를 죽이는
기계음이 쨍쨍한 공장과
동굴 같은 도시 아파트에 짓눌려
하이에나처럼 헤매다 주말만 되면 탈출한다
5都2村
창끝 같은 난간에 매달려 아등바등 사는
도시를 뻥 차 버리지 못하는 것은
순전히 밥 때문이지만,

단 이틀만이라도 이곳에서
아침 새소리와
나무 그늘 같은 평화에 젖는다

그들만의 리그

군부독재 타도, 6.29선언 철폐를 부르짖던
20대의 민주주의는
쏟아지는 최루탄 속에서
연기처럼 자욱하게 퍼지던 두려움조차
끓던 열정으로 태워버렸다

그 이후로도
민주주의와 정의를 향한 구호를 넘춘 적 없지만
눈 닿는 곳, 귀 열린 곳, 몸으로 살아내는 곳곳
억압과 차별은 마디마디 뿌리내린 바래기 풀처럼 이어져
마이너에서 계속 맞아낸 매 자국엔 굳은살이 박여
늘 그랬듯 또 그렇게 아물겠거니 눈감은 정의
행동하지 못한 대가는
지금을 살아내는 아들, 딸들의 피땀을
열정페이로 살게 만들었다

거대 자본이라는 제초제에 녹아버린
풀뿌리 민주주의는
매일 돈 돈 거리며 엇박자 쳇바퀴 굴리지만

공평한 저울이 되지 못한 자본과 노동

21세기의 민주주의는
한여름 매미 소리 같은 아우성도 되지 못한
그들만의 리그일 뿐

전쟁

어둠을 틈탄 게릴라전에 능숙한 너는
밝음 속에 숨지만
어둠을 투시하는 내 눈은 도태되어
밝음만 좇는다는 걸 너는 알아

앵앵거리는 공격 신호에 날 세워보지만
참기 힘든 간지러운 폭격을 받고
하는 수 없이 문명의 스위치를 켜고
한 방을 날리지만
나도 양심껏 주먹은 아니야

어둠과 밝음 사이에서 너와의 전쟁은
밝혀낼 것도 없는 에피소드에 불과해

지구 곳곳
자비 가득한 신들의 나라에서
자비 없이 오가는 폭격으로
신들의 곁으로 부모를 보내고
팔다리 잘려나간 아이들은

핏빛 낭자한 지옥을 살지

그러고 보면
넌 양반이었네
오직 살기 위한 먹이 활동이지
네가 옳다고 짓밟거나
약한 상대를 골라 빼앗진 않잖아

제 2 부

시 마당

다시, 유월

다시 일어나라

풀잎처럼

꽃잎처럼

뭇 바람처럼

파도처럼

아무렴 어때요

영일만 바닷가에
갯메꽃 숱하게 피었다
사람들이 나팔꽃이라 불러도
아무렴 어때요

반들가시나무 꽃도
바위 위에 한없이 피었다
사람늘이 찔레꽃이라 불러노
아무렴 어때요

모래지치 이름을 몰라도
순비기나무 이름을 몰라도

함께 걷는 사람들
좋으면 되지요
먼 길 함께 걷는 사람들
따듯하면 되지요

퇴근길에

하루 일에 지치고 힘든 날
아무것도 하기 싫을 때 있다
일 마치고 집에 가는 길,
밥 먹는 것조차 귀찮고
그냥 드러눕고 싶을 때 있다

오늘 하루도 무사했으니 다행이야
석양의 위로도
당신 수고했어요 이젠 좀 쉬세요
저녁놀의 위로도
들리지 않을 때 있다

그 누구보다도
자신에게 위안을 받고 싶을 때
소답동 실비집 인사동이나
사림동 실비집 담장이나
막걸리나 동동주나
아무래도 좋겠다

내일은 해가 뜬다는 식상한 말일지라도
막걸리 한 잔 거들 수 있는
벗 하나 곁에 있으면 더더욱 좋겠다

살아 있으니

살아 있으니

해 뜨는 시간, 참새 소리에
잠이 깬다

봄날의 쑥으로
유월에 쑥국을 먹는다

아침마다 거울에 비친
자아自我를 만난다

흰 머리칼이 늘어나도,
머구 장아찌 반찬만으로
아침을 먹어도

살아 있으니
고마운 나날이다

인권 자주 평화 다짐 비

내 청춘, 나의 몸 구석구석을 도륙했던
일본군들을 생각하면 피가 거꾸로 솟았다
그럼에도 겨울에는 목도리로 감싸주고
추울 거라며 빵모자도 씌워주고 사시사철
다짐 비를 찾는 이들이 많아서 좋았다
나를 애틋하게 사랑해 주는 이 땅의
민초民草 때문에 그나마 위안이 되었다
우리 마을에서, 깅 건너에서도 힘께 살아가는
사람들의 따뜻한 마음 때문에
가로등 꺼진 밤에도 외롭지 않았다
요새 사기니 성매매니 하는 고약한 사람 때문에
가슴 저미는 통증이 생겨났지만
뜨거운 사랑이 있어 주먹을 불끈 쥐고 있다
나는 가장 슬픈 순간에 사랑을 생각한다*

*지은이 새벽부터, 펴낸 곳 워터베어프레스 인용

45

무궁화 꽃이 피었습니다

이 삼복더위에 무궁화꽃이 활짝 피었습니다.

누님이 계신
그곳의 목란꽃은 이미 봄날에 피었다 졌겠습니다.

오도 가도 못하여 그리움 사무치는 곳
새하얀 목란꽃이 아무리 피었다 한들
꽃이나 피는 봄이지 가슴을 녹이는 봄이겠습니까

만경봉호에 올랐던 신혼을 가두어버린 땅
뜨거운 민족해방은 온데간데없는데
통일에 목을 맨 청춘은 어느새
북녘 봄 목란꽃처럼 하얗게 지고 말았고
남녘은 분홍빛 무궁화가 여름 내내 한창입니다.

계절이 어긋나도 저마다 꽃은 피는데
어긋난 민족은 봄이 올 줄 모르고
남쪽 산천의 목란꽃은 자유롭게 피고 지지만
북쪽 들녘 어느 곳에 무궁화는 피기나 하는지요

이생에 통일은 이제 안개가 되었으니
제아무리 무궁화가 지천에 피었다 한들
한 철 목란꽃처럼 시들은 누님을 만날 길이 없으니
봄마다, 목란꽃이 필 때마다
백발이든 혼백이든 하얀 목란꽃처럼 곱기를 바랍니다.

자전거를 타고 간 비둘기

동짓날 한밤중
비둘기는 한적한 공원에 세워둔 자전거 바퀴를 베고
하늘을 향해 누워 눈을 감고 있었다.

꽁꽁 언 비둘기가 바라보던 하늘에
먹구름 사이로 달무리가 둥그렇게 하늘 문을 열고
희뿌연 호롱불처럼 가물가물 손짓하고 있었다.

나는 비둘기를 안고 달무리를 바라보며
자전거 바퀴를 빠르게 돌렸다.

잠시 후 달무리는 먹구름으로 하늘 문을 닫고
긴 어둠 속으로 비둘기를 데리고 갔다.

어느 봄날 공원에서
아장아장 세발자전거를 타는 아기가
나를 보며 웃는다.

취객

어쩌다 만났어도 서로 취하면 벗이라
마주하며 따르는 잔에 마음을 담아 권하니
나를 그대 속에 채우고 그대를 내 속에 채운다.

따르지 않으면 어찌 내 속을 비출 수 있으며
취하지 않고서 어찌 그 속을 음미할 수 있을까
채우는 잔에 그대가 있고 비우는 잔에 내가 있네.

지난날을 어찌 한순간에 다 따를 수 있으며
한 잔에 어찌 인생사를 다 채울 수 있을까
남은 세월 채우듯 주고받는 잔에 서로를 품는다.

제아무리 술에 취해도 깨어나면 그만인데
마음을 나눈 사람에 취하면 깨어날 길이 없다.

조각

그때 너무한 거 아니었냐고
굳이 그렇게 했어야만 했느냐고
타박이 석공의 망치처럼 가슴을 때릴 때마다
튕겨 나가는 생각들이 산산조각이다.

어느 때이고 깊숙이 파고드는 말끝
정교하게 후벼팔수록
점점 낯선 석상이 되어 돌처럼 굳어간다.

쪼아대는 뾰족한 말끝이
살을 바르고 뼈를 깎는 정 끝보다 모질고
돌이킬 수 없는 형상으로 조각하듯
변명의 기회를 잃어버린 죄책감이
돌의 숨겨진 결처럼
가만두어도 세월의 풍파에 조각조각 부서져
제 살을 깎으며 나를 다듬어 가고 있다.

서로를 다르게 조각하고 각인한 시간이
오래도록 지나고 자꾸 벌어져 갈수록

누구나 혼자 다듬고 싶은 결이 있다는 것을 알았다.

연동

갑자기 사이렌 소리가 사방을 찢고
화재경보가 울린다.

자동으로 연결되는 신호를 타고
대피 방송이 쩌렁쩌렁 울리며 피난통로를 알리고
불길 차단을 위해 비상계단 방화문이 닫히고
연기 질식을 막기 위해 재연 바람이 강제로 불어 대고
마지막 탈출을 돕기 위해 옥상 비상구가 열린다.

사람들은 일제히
자신이 설정한 피난 탈출 경로를 살피고
기계들은 빠른 소화를 위해
연동 장치를 깨우며 한계치에 달하는 작동을 한다.

단숨에 물을 퍼 올리기 위해 시동을 거는 저수조 펌프
고압 소방수를 기다리며 달아오른 천장의 벌건 소방 배
관
천장에서 불길을 찾느라 빤히 쳐다보는 스프링쿨러

피도 눈물도 없는 기계들이 서로 얽히고설켜

생명의 불행을 막는 한순간을 위해 촉각을 곤두세우듯

가까운 사람과 핏줄들도 불길한 기운이 감돌 때마다

안부를 확인하며 멀리서 가까이서 언제나 긴장하고 있
다.

기대

너를 바라는 것만큼 슬픈 사랑이 또 있을까
어느 순간부터 곁눈으로 너를 본다.
네가 먹는 밥과 네가 좋아하는 놀이
정성을 다해 바라보니 점점 희망이 열리더라

너를 희망하는 일은 설레는 꿈이지만
너를 접는 일은 무수한 앓아을 밤마다 삼기는 일
사랑한다. 사랑한다. 한 없이 내어주던 말 뒤에
숨어 울던 기대, 실망의 또 다른 이름

깊이 숨어 너를 위해 울던 눈물로 차오른 우물
내가 이걸 주고 니들의 보상을 기대 했던 건 아니야
아니야 아니야를 기대하며

슬픈 짝사랑을 매일 매일 접는다.
슬픔이 눈물을 타고 돌아다니다가
내 우물이 범람하지 않도록

등불

옴마 아부지 고마 죽어뿌소마
내도 좀 맘 놓고 죽그로
그래서 우리는 서로 처마 끝에 걸어 놓은
등불처럼 마주보며 산다.
산 그림자 따라 동네로 내려가는 밤 달
처마등 켜두고 두 노인 새벽별로 지킨다.
파킨슨에 떨리는 손발 붙들고
엄마, 엄마… 자식 이란 건 일생에 한 번은
지랄을 한대요.
씰데 없는 소리 고만하고 네 식구들한테 가라. 고마
네 창문 바라보고 살기 싫다.
우리는 서로 지켜주는 등불이 아니라
감시하는 등불이 된 것이다.
이런 모진 불효가 어딨을까
신호등 걸어놓고 잠든 밤

일백탈수

일 년에 백만 명 수도권 탈출
도시는 비고 농촌은 넘칠 것이라는
장미빛 전망은 시골하늘을 설레게 했지만
도시의 땅값은 여전히 고공행진

지역민국 꿈꾸던 농심은 사색
누렇게 뜬 논들 갈아엎고
쌀값 하락에 들판을 버리는 농부들
인구절벽 위기의 지방정부

그들은 어디로 갔을까?
효도하는 마지막 세대이자
자식에게 버림받는 첫 세대

80년대를 풍미하던 그들은
이제 다시 청년이다.
셀프케어를 위한 걸음마를
어디서 떼고 있을까?

도시의 노동판에서
뜨거워지는 지구에 시달리며
빵을 먹고 출근하는 신인류가 됐을까

밥상에서 밀려난 밥은
농촌 들녘에서 식어가는 중

포용 자본주의

내가 떼어놓는 발걸음 하나가 지구 평화에 미치는 영향
내가 만드는 제품 하나가 뭇 생명들에게 끼치는 유익
잡초를 이용한 생명사업을 하겠다고 들어선 이 길은
이 지역 이 땅 세계 평화에 무슨 기여를 했을까
내가 쓰는 자재가 기후변화를 앞당기진 않았나
이윤추구 목적달성을 위한 기업행위는 상식을 깨지 않
고도
인류평화에 기여할 수 있을까

들깨에 싹이 나서 잎은 먹고 열매 짜서 들기름
오메가 오메가 오-오메가 인류의 필수 영양소
들깨에서 나왔다네 천하디 천한 쇠비름에서 나왔다네
초록걸음 열 걸음 될까?
찌꺼기는 나무 키우는 거름
깻묵은 닭 염소 먹이는 사료
자연에서 온 것 자연그대로 돌려주는 순환경제
초록산업은 자본을 포용하는가

종업원 잘 모시고, 메세나 기업으로 참여하고

소비자 건강

성심껏 돌보고자 오늘도 거리에 섰다.

이윤을 초월한 평화공존 지구촌을 향한 구애 절절한

나는 대한민국 ceo다.

*포용적 자본주의: ceo들이 이윤이나 주주뿐만 아니라 종업원, 소비자, 사회,
  나아가 지구까지 총체적으로 고려해야 한다는 것을 주제로한 이론.

경계인

나는
도시인이자 시골사람
시인이자 사업가
엄마이자 딸이자 할머니

어디를 가도 어중개비
도시에 가면 시골촌뜨기
시골에 오면 미심쩍은 도시 것
지들끼리 잘 컸다는 자식의 엄마와
친환경 타령하는 사장 때문에
월급도 제때 못 받는다는 직원들

파킨슨 앓는 엄마를 케어 하는 딸
두 아기 먹거리 전쟁하는 딸의 엄마
잠이 어디서 오는데 안오고 뭐냐고 칭얼대는
손녀의 할머니

그 모오든 경계에서 나는 너희를 기웃대는
외사랑 오매불망

잿빛 틈새에 시앗을 묻으며 꽃을 기다리는 시인

책

같은 빌라에 사는 이웃형님
폐지 주우려 이 골목 저 골목으로
틈만 나면 자전거를 타고 다니신다

낚시를 그렇게 즐기셨는데
다친 다리 낫고부터 이 일 시작했다며
골목 사람들 사연들도 많이 줍지만
건강에 너무 좋다며 활짝 웃으신다

폐지 가격을 물었다
1kg에 900원도 아닌 90원이고
무게가 좋은 건 책이라 하신다

책 그 소리를 듣고 집에서
이용가치 없는 책들 정리하다
책장에서 빠져나온 많은 책들
내 작품 발표된 무크지 계간지들 보며
남의 집 책장에서 무사하지 못했을
내 시집들 생각에

갑자기 가슴에 이는 이 부끄러움

노동자 빈

가난을 털어내고 싶고
미래의 꿈을 위해
베트남에서 온 노동자 빈

시키는 일 잘하지
일손 야무지지
성실하고 부지런하지
한국말 잘하지
이 모든 게 돋보여
벌써 13년 째 근무 중이다

어렵고 힘든 노동으로 번 돈
월급 받으면 뒤늦게 결혼한
베트남 아내께 송금해 주며
차곡차곡 쟁여가던 꿈

돈 욕심이었다
휘황찬란한 밤 문화의 맛에 젖고
명목상 합법적인 도박에 빠져

빠지면 빠질수록 깊이 모를 늪

욕심만큼 돈을 모으기도 전에
달콤한 꿈 맛보기도 전에
한순간 스스로 무너져버린 빈
노동자로 사는 이 천민자본주의
쉽게 돈 버는 지름길은 없다

주차문제

공장에 출근을 해도
작은 공장들 다닥다닥 붙어있는
신촌 팔용 봉암공단 지역들
주차 공간 턱없이 부족하다

공장안은 공간이 너무 비좁아 어렵고
주차장 있는 곳도 빈자리가 없어
공장주위를 몇 바퀴 뺑뺑 돌다
운 좋게 주차하고 오면
일을 시작하기도 전에 진이 빠진다

예전엔 편한 주차를 위해
출근시간 보다 더 일찍 출근했는데
이젠 더 일찍 출근해도
더 일찍 출근하는 사람들 많아졌고

작은 공장 노동자들
힘들고 어려운 게 어디 주차문제뿐이랴
쉽고 편한 주차라도 할 수 있게

박스처럼 접어서 보관할 있는

그런 차를 만들면 얼마나 좋을까

어떤 생각 하나

출근길 차들 길게 줄 서 있다
회사 지각하지 않기 위해
좌, 우회전 신호 바뀌기 전에 가려고
꼬리를 물고 바싹 붙어
신경 곤두세워 가속페달을 밟으며
사고와 신호위반이 아찔아찔하다

가다 서다를 반복하는
퇴근길 역시 비슷하다
약속시간이 바쁘다든지
갑자기 급한 일 생겼다든지
이런 차들이 갑자기 끼어들면
과태료 딱지보다 우선
콩팔칠팔 싸움도 잦은 이 교통체증
앞차의 빨간 미등은 꺼질 줄 모르고

어쩌면 매일 겪는 이 출퇴근길
맥 빠지는 한바탕 전쟁이다

하여

같은 지역 회사대표자들 모여

얼마간의 시차를 두고

출근시간을 조율해 보면

주 63시간
-김재일

지금 공장에서 17년 된
쇠를 깎는 밀링 기술자 김재일
예의바르고 온순한 동료이다

같이 일하던 동료 이직하고부터
잔업 특근 비켜갈 수 없어
몸이 피곤해도 민생고에 매달려
두 사람 물량을 혼자 작업해 온지도
벌써 몇 년 째인가

모집공고를 보고 온 면접자는 있어도
일하겠다고 출근하는 사람은 없다
제시하는 임금이 최저시급 수준이라
기술 좋은 노동자 누구든 기술인정 받는
다른 공장으로 갈 것은 뻔하다

월급 빼고 다 올랐다는 지금의 세상
적은 시급 더 올려줄 생각조차도 없이
다음 공정 밀려있다 납기 바쁘다고

일요일만 쉬고 주 63시간으로 옥죄며
고장 난 기계는 수리도 가능 하지만
기계도 아닌 몸을 혹사시키게 만든다

울어도 젖을 안주는 것인지
착해서 울 줄도 모르는 것인지
설마 건강이 재산인 걸 모르는 것인지
보는 내가 더 답답하고 불안 불안하다

기술노동자를 대우하지 않는 이 공장
수리 불능의 고장이 날 것이다

벚꽃 떨어질 때

꽃잎 떨어진 자리처럼 아련하다

오늘을 살 일이
썩어 문드러지는 잎처럼
머릿속이 녹록하다

내일은 어느 지역으로 가 봐야 할지
주변에 정보라도 알아봐야겠다

동네 편의점 의자에 앉아
뒷산에서 날려온 꽃잎 보는 종규형

환갑 넘긴 지 벌써 몇 년 지났지만
여전히 소주잔 털어 넘기며
봄 이야기 중이다

임항선

사라진 기차의 흔적을 따라 걷는다
걷는 일이 건강을 지킨다는 일상이 된 길에서
사라진 것들의 생애를 떠올린다

중학교 다닐 때 차비가 없어 새벽길 다녔던
동네 친구들과 봉화산 오르내리며
밤 줍고 칡뿌리 캐오며 신났던 그 길 지나다 보면
함아 진주 진해 고성 등에서
산나물 푸성귀 쌀 생선 팔아 먹거리 사고
돈 사서 간다며 행복한 그 얼굴들
이젠 사진과 기억으로만 떠오르는데

길 걷다 보면
하나하나 주마등 같은 추억들
오늘의 길 위에
또 한 걸음 내딛게 하는

신호

근전도 검사를 한다

바늘을 꽂고
전기를 보낸다

온 신경을 곤두세워
소식 기다리지만
답 없다

20년 전 다친 몸
장애인으로 살면서도 잘 버텨온 몸인데
몸 안 어디쯤
흔들려 버린 신경계가 보낸 답 없는 마지막 기별일까
이젠 흔들리지 말라고
바라지도 말라고 보내는 신호일까

병원을 나서는 발걸음 무겁지만
털어내기로 한다

막연한 희망보다

절박한 현실을 받아들이니
속은 시원하다

목소리

홀로 지내시는 어머니
또 심부전증 왔다는 연락에
급하게 찾아갔다

한 해 한 해 넘길수록
구급차 소리 더 자주 울리고
언제 어디서나
숨 가쁜 목소리 들리는 것 같아
긴장은 긴 그림자로 늘어난다

여전히
홀로서기를 고집하면서도
아들 딸 있으니 괜찮다고
살아서 목소리만 들어도 행복하다고
응급실을 나서며 하시는 말씀

늦은 저녁을 술로 채우며
오늘 못다 한 일 생각하는데
괜찮다 다 괜찮다는 말씀
귓가에 울린다

괭이 바다에서

해마다 육이오 사변 전후 민간인학살사건
위령제를 지내는 마산 괭이바다

반백 년이 훌쩍 지난 세월 속
지형도 바뀌고
삶의 모습도 바뀌었지만

떠날 수 없는 배들이 흔들리는 바다에는
군인과 경찰에 의해 죽은
717명 이상의 억울한 울음소리들
74년이 지난 지금도

한 맺힌 절규 통곡의 울음 울음
멈출 수 없다

간이역이 있는 마을

가끔 기차를 기다리는 사람들이
플랫폼에서 서성이곤 했다
기적을 울리며
대 여섯 량輛의 기차가 들어오고
또 기적을 울리며 떠나곤 했다

바람 부는 겨울,
언덕배기에서 연을 날리고
피어오르던 하얀 저녁연기
밥 짓는 냄새 피어나면
왁자지껄 놀던 아이들도
집으로 돌아가고

매화꽃이 봄을 데려오고
태어나 처음 증기기관차를 보았던 그곳

그 기차가 나를 이 도시에 데려다 놓았고
다시 그곳으로 가끔 데려놓기도 했다

그 간이역이 있던 마을에
기차가 서지 않는다

지금은 유년의 기억 속에만 있는 그곳

누가, 노자산 주인입니까?

태초에 상속받은
노자산 주인은 누구입니까?

비와 바람, 나무와 숲,
바위와 흙이, 노자산 주인입니다

멸종위기,
팔색조가, 도롱뇽이, 대흥란이,
노자산 주인입니다

숲속, 있는 그대로
자연에 순응하며 살아온
뭇 생명, 그들이
노자산 주인입니다

숲을 없애고 잔디를 깔아
골프채를 휘둘러는
비뚤어진 자본의 욕망
적어도 그들은

노자산 주인이 될 수 없습니다

태초에 있는 그대로
노자산을 그냥 그대로 놓아두시라

의암바위

논개가 유유히 흐르는
남강에 발을 담그고 있다

관기의 화려한 옷처럼
의암바위 옆 나무들은
핏빛 단풍 옷을 입었다

강물 위로 물총새
왜구의 총을 맞은 듯
곤두박질친다

강물에 비치는
의로운 마음
열 손가락 가락지를 낀 채
왜장을 안고 뛰어들었다

웃는 듯
우는 듯

매화꽃이 필 때면

매화꽃이 필 때면
어머니 생각을 한다

마산역 번개시장
난장에 앉아
매실을 파시던 어머니

쉬는 날
어머니 마중을 나가
이 도시에서
시골집으로 가던 기억이 아득하다

올해도
겨울을 견딘 매화꽃은 피었다

내 마음에도
매화꽃이
어머니처럼 피어날 것이다

그다지 먼 거리도 아니다

지난 주말
평창 오대산을 다녀왔다

창원에서 평창까지,
평창에서 창원까지
왕복 1000킬로를 달렸다

가만히 생각해보면
남북 종단거리가 먼 거리라 생각되지만
대략 1200킬로
그다지 먼 거리도 아니다

자동차로 쉬엄쉬엄 가도
이틀이면 충분히 가닿을 수 있는 거리다

다만,
그 거리를 오갈 수 없다는 게
늘 안타까운 마음이다

서울

말은 제주로

사람은 서울로 라는 말은 아직 유효한가

별이라는 별은 모두 서울에 모여 있다고 하는데

서울 하늘에는 별 하나 보이지 않는다

동강으로 모여든 빛나는 별을 쳐다보며

별들이 모여든다는 서울을 생각한다

어슴프레 빛나서는 빛나지 않는 서울

서울에서는 별도 별이 아니다

그렇지 않고서야

동강에 모여 사는 별들이 이리도 빛날리가 있나

그래도 말은 제주로

사람은 서울로 라는 말

아직 유효하다

가지런한 아침

가지런한 야채들이
오늘따라 더 정갈하다
늘 그 자리를 지키고 앉아 있는
할머니에게 안녕하세요
인사를 건네면
재빠르게 한 움큼 야채를 담은
검은 비닐봉지가 쑥 들어온다
마슷거리 해달란다
사야하나 말아야 하나
난감하다
퉤퉤 바짓춤에 지폐를 넣는
저 흐뭇한 표정을 보면
언제 그랬냐는 듯
내 마음속 갈등이 싹 사라지고
가지런한 야채들 사이사이
울퉁불퉁한 밭고랑이 눈에 들어온다
난전에 가지런했던 야채들이
텃밭 이랑을 따라 푸릇푸릇 서 있다
언제까지나

야채들과 가지런하게 앉아 있을 것 같은
할머니를 뒤로하고
집 떠나 객지 생활을 하는 남편에게
모처럼 전화를 넣는다

고향 가는 길

엄마 떠나신지 벌써 5년
엊그제 같은데
버스가 출발하고서야 빛의 속도를 실감한다
그때도 완전한 여름이어서
찾아오는 문상객에게
감사 인사대신 더위를 걱정하느라 바빴다
여전히 도시는 펄펄 끓고
여행객들로 도로마다 진풍경이다
그러고 보니 고향은 늘 그랬다
잠깐씩 나타났다 사라지곤 하는
꿈 속처럼 늘 허전하기만 했다
차라리 창원이라는 도시가
일상으로 똬리를 틀고 부터는
고향이 헷갈릴 때도 있었다
살짝 커튼을 열자
한꺼번에 밀려드는 짙푸른 빛
차가 달리는 만큼의 속도로 숲이 밀려든다
창밖에 시선을 고정하고는
얼마를 달렸을까

잊지 말자 했는데
엄마를 많이 잊고 살았다
엄마 없는 고향은 점점 더 멀고
그래서 늘 고향 앞에
핑곗거리를 찾았는지 모른다
수평선 너머가 아득하다
엄마 사진 앞에서 쫑알쫑알 대느라
응석부리는 어린아이 같다
사실, 내 모습 그대로 나였던 적 있었을까
엄마 또한 엄마였던 적 있었을까
언제나 거울 앞에서 표정을 바꾸는 것처럼
시간 앞에 허둥대다 보니 예순을 넘겼다
이젠 점점 서둘러 고향을
떠나 오기 바쁘다

마음이라는

누구에게나 일상은 소중하다
누구에게나 일상은 무의미하다
어떤말이 와 닿는지 지금은 모른다
대문을 흔드는 바람처럼
창문을 기웃거리는 달빛처럼
조용히 새벽에 길 나서보지 않고는
아침에 대해 말 할 수 없는 것처럼
어떤 시인은 도시에서 학교를 퇴직하고
시골 풍경을 시에 담아내느라
작은 풀꽃 하나라도 놓칠까 바쁜데
나는 여전히 도시에서
도시 풍경을 찾느라 분주하다
바람이나 달빛이 자신을 내세우지 않는 것처럼
아침은 이미 문밖에 와 서성인다 해도
후다닥 문을 열고 싶지는 않다
시골을 안내하듯 시를 담아내는
시인의 하늘이나
도시 풍경을 찾느라 골목을 어슬렁거리는
내가 사는 하늘이나

분명한 것은 그 하늘과
저 하늘이 다르지 않다는 것인데
나는 자꾸 서둘러
문을 열고 싶은 마음에
엉덩이는 몇 번씩이나 들썩들썩
들뜬다

두고 내린 꽃

칼칼한 콩나물 국 먹고 싶다는
남편 말이 생각나 시장에 갔다
콩나물을 사서
비닐봉지를 달랑달랑 들고 다니다
싱싱하고 실한 시금치가
눈에 쓰윽 들어선다
한 묶음 사들고 집에 와서 보니
콩나물 봉지는 없다
아차, 싶어 되돌아 가보니
시금치 난전 옆에 다소곳이 앉아
나를 기다리고 있는 콩나물 봉지
안경을 끼고 안경을 찾는다든지
통화를 하고 있으면서도
핸드폰이 어디있는 지 찾고 있더라는
이야기는 남의 이야기가 아니다
건망증은 누구에게나 있는 일이라고
내 자신을 다독이며 괜찮아 괜찮아 했는데
오늘은 빈 의자에 꽃을 두고 내렸다
이번 연주가 너무 좋았다며

친구가 건넨 꽃바구니
고맙다고 말한 지 몇 시간도 지나지 않았는데
마을 앞에 내리고서야 뒤돌아본다
흔들리는 버스에 가만히 앉아
두 눈 번히 뜨고
지금쯤 종점에 가 있을 꽃을 생각하니
친구에게나 꽃에게 미안하다는 생각을 하다가
누군가의 마음이 환하게 밝아지면 좋겠다고
누고 내린 꽃의 안부를 묻는다

노자산
　—골프장 개발을 반대한다

숙아 자야 길아 철아 동무 이름 불러보듯

오늘은 누구 이름 불러볼까

불러내어 놀아볼까

팔색조 긴꼬리딱새 거제외줄달팽이 붉은배새매 삵 애기

뿔소똥구리 두견이 매 애기송이풀 백운기름나물 백양꽃 대

흥란 갈매기난초 느리미고사리 애기등

불러도 불러도 정다운 이름

이름 속에 추억이 이름 속에 피가 이름 속에 사는 세세

만년 바람 소리

아버지 어머니 할아버지 할머니 고모 삼촌 누나 형 아우

자자손손 이어질 숨소리

거머리말 상괭이 솔개 새호리기 흰꼬리수리 벌매 참수리

황조롱이 잿빛개구리매 독수리 백작약 두메대극 호랑가시

나무 나도수정초 갯취 천마 새우난초 검팽나무 변산바람꽃

개족도리풀 수정난풀

불러도 불러도 정다운 이름

오늘은 누구 이름 불러 놀아볼까

추억에 젖어볼까

생각만 해도 시원한 바람 냄새 따뜻한 숨소리에 가슴이

먹먹해지는

  천연기념물 해양보호생물인 멸종위기종이여
  특별산림보호대상종인 희귀종이여
  갈수록 아득한 이름들 품고 품어 키워내고 키워낼
  거제의 심장 노지신이여!

쇠사슬로 이은 슬픔

눈물 같은 비라고 말하는 순간
눈물이 흘러내렸다
비인가 눈물인가
아무도 답을 주지 않았다
줄 수 없었다
길게 사선을 그으며 비행기가 지나간다
어디가 종착역인지 알 수 없는 기적소리가
목울대를 넘어오지 못하는 시간
바람만 불어도 아프다는 통풍이
가슴에 돋아났다
아무도 바람을 막아주지 못했다
막아 줄 수 없었다
그 바다나 그 골목이나 그 반지하 방이나
쇠사슬로 이어진 슬픔의 검은 재킷을 입은 이들이
기차를 타기 위해 길게 줄을 서 있다
줄이 점점 길어져도
종착역이 어디인지 몰라
기적소리와 함께 역으로 들어서는
기차는 보이지 않고

눈물 같은 비가 플랫폼을 적시고 있다

그림 한 장

시간이 언제부터 파도를 탔나
울렁울렁,
낫과 괭이를 들고 하루를 여닫았던
갑오에 을미에 해방이 되고도 시간은
부정할 수 없는 남자의 시간,
전기밥솥에 냉장고 세탁기가 돌아가고
아궁이에 불이 꺼지고부터
시간은 여자의 시간이라 해도 될까
짐을 내려놓은 여자, 행복한 여자
자본의 품에서 꿈꾸는 여자
낮밤을 잊은 채
아침 대문을 나서며 무슨 소원을 비나
시간은 누구의 시간이 아니라
당신과 내가 모르는
언제부터 내 시간이 있었을까
곰곰, 너무 깊고 애절할 때는
날고 싶어 날고 싶어 층층이 눌러앉은 아파트에
차라리 베란다가 없었다면 없었다면
오늘도 누군가 베란다 문을 열고 없는 날개를 찾고 있다

높이 날고 싶은 것은 유사 이래

남자의 시간이었다고 해도 될까

문명의 진화는 남자를 여자를 어떻게 갈라치기 했나

남자가 시간을 밀고 여자가 시간을 끌고

아름다워라 상상할 수 없는 그림

기적을 울리며 목적지가 뻔한 기차가 들어서고 있다

지상으로 치솟는 엘리베이터

지하로 곤두박질 곤두박질 파닥이는 날개

또, 누군가 올라가고

올라간 만큼 누군가 또, 떨어진다

경고!

절대 창문을 열지 마시오

그림은 그림일 뿐입니다

행간이 너무 멀다

팔을 뻗어도 닿지 않는다
슬쩍 건네지 못한 말이 무엇인지
나무와 나무 사이에 바람이 지난간다
당신에게 무슨 말 하지 못했던가
묵언처럼 다가온 산그림자가
가만히 앉은 낮은 지붕이 무겁다
번잡하게 걷지 않아도 발자국이 찍히는
어제는 어디를 다녀왔던가
기억은 멀리 두고 온 추억
별빛이 깜빡 작은 창을 두드려도
달빛이 은근 담장을 넘어도
사랑한다는 말 슬쩍 건네지 못하는
당신과 나 사이에 마른강 같은
행간이 너무 멀다

시간이 뚝 부러졌다

파릇 돋았던 잎이 시퍼렇더니
누렇게 바래어 툭 떨어진다
이제 저 잎의 시간은 없다
없다고 느끼는 순간, 왈칵 눈물 한줄기
봄이면 잎 돋고 독하게 살아
누렇게 시들어가는 게 시간이라는 것을
그래, 시간이 부부싸움처럼 칼로 물 베듯
쓰윽 잘리는 그 순간
잘린 흔적이 눈에 보이지 않아도
그만큼 금가고 골이 패인 당신과 나 사이
쌓이고 쌓이다 보면
건널 수 없는 강이 생기기도 하겠지
그래도, 시간이 칼로 물 베기라서 다행이다
작은 상처 따위 묻어 두고 지나칠 수 있으니
저 파릇 연두 빛 시간도
시퍼렇게 살아 방방 거렸던 시간도
누렇게 바래어 뚝 떨어졌을 때
그 때야 내가 아프다
당신이 아프다

겨울 수국

엄마에게 가는 물리적 거리는
넉넉잡고 30분인데 3주가 걸렸다
그것도 아픔을 숨기는 숨결로

백발을 젊어져라 염색하고
구십의 세월 바람맞은 노모
앙상한 소반처럼 웅크린 몸을
더운물로 닦는데
여기저기 파스 아래
봄꽃처럼 핀 푸른 멍

가겠다는 전화에
"머하로 올랐꼬 바쁜데"
말리는 말 뒤로 기다리는 들뜬 마음이
첫물 머위 먹이겠다고
한 발이면 건너는 도랑을 건너다
뻔한 마음처럼 말을 듣지 않는 몸에
누구에게도 말 못 할 멍 꽃으로
봄을 앓고 있었다

하루도 녹록치 않았던 풍상을 고스란히 겪으며
촉각으로 깎이고 깎여
앙상한 그물로 남은 겨울 수국 같은 엄마
깨알 한 톨이라도 자식들 입으로 날라 들이려
짧은 봄에 바쁜 벌이 되어

젖으로
밥으로
봄으로

내게로 날아와
울컥울컥 피와 살로 쌓인다

또 훔치다

최휘 시인의 「난, 여름」 시집 안에 〈훔쳐 쓴 시〉란 시인
의 고백인지 자아비판인지 낱말의 확장인지 모를 아니, 모
두 다인 시를 읽다가 공감에 감탄을 흘리다 나는 왜 이렇
게 쓰지 못하였나를 반성하다가 끝내는 자위하다가 '… 지
상의 세균인 사랑…'이란 문장을 절절한 로맨스 영화 속
주인공의 마음으로 나도 훔친다

사랑
이보다 더 지독한 바이러스가 있을까
죽을 수도 없는 죽음의 맛을 보게 하고
활활 타는 지옥 같은 불길 속에서도
아련하고 촉촉하게 젖을 수 있는

솔직히 고백하자면 '… 지상의 세균인 사랑…'이란 문장
의 의미만 훔친 건 아니다
몇 권을 읽었는지 알 수 없는 독서라는 명목으로 적절하
게 와 닿는 낱말을 찾아 눈알을 굴리다 어느새 머릿속에
쌓인 낱말들을 내가 처음인 것처럼 나열하며 시의 마지막
에 '또 훔쳤다'를 '훔치다'로 훔치고 고백처럼 포장하면서

비난을 피할 우산을 폈다

장마

제일 먼저 고양이 밥을 챙기고
마당으로 나가면
작은 공간을 빽빽하게 채운 화분들
제 각각 하루가 기지개를 켠다

돌아서면 쑥 자라있는 장마철
풀을 한 줌 뽑으면서
나를 키울 간절한 문장들이
이렇게 자라주면 얼마나 좋을까 생각 하는데
때를 놓치지 않고 달려든 모기들 때문에
퍼뜩 정신 차린다

모기에게 물린 자국에 연고를 바르며
매일 반복되며 일어난, 일어나는, 일어날 일들에서
한 톨의 협조도 받지 못하면서
내가 키운다고 생각한 것이 착각이었음에
묘한 배신감을 느끼며
올해는 장마가 참 요상하다고 중얼거린다

비가 내리거나 내리지 않거나
장마는 장마다
눅눅한 마음을 다스리려 우린 차 한 잔에
독촉받는 걱정 하나를 풀며
생각나지 않는 문장들이
저 풀처럼 초광속으로 자라주면 얼마나 좋을까
또, 엉뚱한 생각에 헛웃음이 나온다

일하지 않고 월급을 기다리는 월급 도둑처럼
낱말과 문장 사이 고뇌의 씨앗도 뿌리지 않고
문장을 훔칠 도둑이라도 되어볼까
찻잔을 들고 마당을 어슬렁거리는데
모기에게 물린 곳이 가렵기 시작한다

눈

내린다가 보인다
바람의 방향으로 춤을 추며
바람도 보인다

내리다 지친 것들이
하얗게 내 곁에 앉았다
가진 것이 열정밖에 없었던 때는
하얗게 지친 것들을 녹였다

어지럽지만
바람의 방향도 알려 주지 않는 것들이
눈으로 들어와 진실처럼 곁에 앉는다
마음으로 들지 못하고
눈으로 들어온 것들이
살며시 만져 보더니
사라진 열정을 금방 알아차린다

그것들은 녹지 않았다
아니, 녹이지 못했다

점점 커지다가
나를 묻었다

푸념

밭일 논일로 벼려진 구십 노모
이제 지팡이 없이 걷기도 힘들다며
놀이터였던 밭을 바라보는데

참깨 들깨, 콩 고구마 양파 고추 마늘
계절을 찾아 심던 것들 마음은 뻔한데
이제는 노는 것도 못하겠다고

지나온 길은 청명한데
산 날이 저승이 문전이라
앞날은 깜깜하다며

저 옥답 아까워 어쩌냐고...

부록

객토문학 동인지 및
기획 묶음 집 연보 및 현황

객토문학 12집 『희망을 찾는다』에 부록으
로 11집까지 발행 현황을 정리 한 후 20
집 『다시, 민주주의 다시, 평화』에 19집
까지 발행 된 현황을 부록으로 싣는다.

제12집을 마무리하지 못한 시점인 10월 9일 문영규 동인의 부음을 듣게 된다. 긴 지병을 이기지 못하고 생을 다하고 말았다. 가족의 슬픔이야 말할 수 없겠지만 동인들 또한 '객토'의 마지막을 생각할 정도로 하늘이 무너지는 소식이었다. 그래도 놓을 수 없는 게 삶이고, 현실이다. 이번 동인지 기획 주제인 함께 살 수 있는 '공존'할 수 있는 사회를 꿈꾸며 각자의 위치에서 '희망을 찾아'야 하는 게 또, 시인이 해야 할 고민이다. 제목을 『희망을 찾는다』로 정하고, 우리 주위 '이웃'을 둘러보고 만연해 있는 '갑질'에 대해 생각해 본다. 나아가 문영규 시인을 생각하며 시를 쓰고 '문영규 시 다시 읽기' 코너을 만들어 여러 독자들에게 선보인다. 밀양에 있는 이응인 시인이 함께 했다.

제12집 『희망을 찾는다』, 도서출판 갈무리(2015)

동인 및 참여 시인	동인	노민영, 문영규, 박덕선, 배재운, 이규석, 이상호, 정은호, 최상해, 표성배, 허영옥
	참여 시인	이응인
작품 수	동인	'문영규 시인을 생각하며' 조시 8편, 기획시 '공존의 길' 배재운, 이상호, 이규석, 최상해, 표성배 각 2편 (총 10편), 산문 5편, 일반 시 (총 21편), 이규석, 최상해, 배재운, 이상호, 노민영, 정은호, 표성배 참여. 문영규 동인 특집 '문영규의 시 다시 읽기' 13편, 문영규 동인 기획시(2편) 및 산문(1편) 그리고 신작(6편)
	외부	초대시 2편, 이응인 시인 문영규 시인을 생각하며
기획 및 의도	기획	공존의 길
	의도 및 방향	사회에 만연한 '갑질'에 대해 생각하고, 각자가 처한 위치에서 '공존'에 대한 시를 쓰기로 한다. 이 사회가 불안하고 이웃 간에 냉소적일 지라도 시인은 좀 더 희망적이어야 하지 않을까 한다. 사회 곳곳은 '갑과 을'이라는 지난시기 계급사회보다 더 공고한 사회가 되어 있다. 부의 대물림에 대해 목소리가 높지만 해결책은 찾기가 어렵다. 돌아보면 이웃의 아픔에 대해 눈감은 지 오래 되었고, 이기주의를 넘어 외면하는 '외면의 시대'가 되었다. 이러한 현실을 바탕으로 공존하는 사회를 위해 시인이 할 수 있는 일을 찾아보았다.
	기타	무엇보다 이번 동인지는 무겁다. 문영규 시인을 생각하는 동인들 마음이 시로 표현되고, 밀양에 이응인 시인 역시 함께 하였다. 지금까지 동인지에 발표된 문영규 시인 시를 한 편씩 가려 뽑아놓고 보니 문영규 동인 생각이 더 깊다. '희망을 찾는다'는 기획은 희망이 없다는 게 아니다. 우리가 좀 더 희망적이어도 되지 않을까 하는 긍정적 마음을 가져 보자고 다시 손을 잡는다. 여전히 우리들 이웃은 희망을 잃어가고 있다. 희망이 아니라 오히려 냉소적으로 변해가고 있는 게 현실이다. 이런 현실 속에서 시를 쓰는 시인들만이라도 좀 더 희망적으로 노래해야 하지 않을까. 같이 사는 사회를 꿈꾸는 것이 시인이기 때문이다. 다시 한 번 문영규 시인의 명복을 빈다.

제13집은 『꽃 피기 전과 핀 후』라고 시집 제목을 정했다. 이는 객토가 걸어 온 지난 시간을 되돌아보고, 객토와 함께 웃고 울고 부대낀 많은 동지들을 생각하는 시간을 갖고자 한다. 그렇다 보니 지금 다시 새로운 작품을 찾을 수는 없고, 객토가 걸어온 흔적인 소책자인 〈북〉에 게재된 작품을 가려 여기 동인지에 다시 선보이기로 한다. 돌아보니 많은 얼굴들이 지나갔다. 다들 '객토' 속에서 아웅다웅 부대꼈던 시간이 선하다. 어디에 있던 무엇을 하던 객토가 가졌던 정신을 잊지 말았으면 좋겠다. 삶과 문학이 동떨어진 것이 아니라 하나라는 것을 누가 부정하겠는가. 다시 그리운 얼굴들과 함께 문학의 길을 갈 수 있으면 바랄게 없겠다.

제13집 『꽃 피기 전과 핀 후』, 도서출판 갈무리(2016)

동인 및 참여 시인	동인	노민영, 박덕선, 배재운, 이규석, 이상호, 정은호, 최상해, 표성배, 허영옥
	참여 시인	강영화, 권종오, 김병두, 류남순, 박능출, 박명우, 박연희, 성영길, 손영희, 신미란, 이한걸, 제순자, 조은희, 최경식
작품 수	동인	'북 그 이후' 박덕선, 배재운, 이규석, 이상호, 최상해, 표성배, 허영옥, 일반 시 (총33편), 허영옥(3편) 나머지 (각 5편), 〈북소리〉 산문, 박덕선, 배재운, 이규석, 이상호, 최상해, 표성배 각 1편 (총6편)
	외부	초대시 각 2편 (총 27편), 손영희 1편
기획 및 의도	기획	시가 나를 위로하다.
	의도 및 방향	한 편의 시를 통해 그 시를 쓰게 된 동기와 시를 통해 위안을 받자. 시를 쓰는 시인도 시를 읽은 독자도 시 한 편을 통해 삶을 위로받을 수 있다면 얼마나 다행한 일인가. 또한 시를 쓰면서 현재의 나를 돌아본다는 것은 위안이고 앞으로 갈 수 있는 힘이지 않을까.
	기타	지난 시간을 함께 했던 동지들의 이름을 다시 불러본다. 강영화, 권종오, 김병두, 류남순, 박능출, 박명우, 박연희, 성영길, 손영희, 신미란, 이한걸, 제순자, 조은희, 최경식 그리운 이름이다. 이한걸 시인은 이미 고인이 되었다. 시를 쓰지 않고 있는 이름들도 보인다. 하지만 시에 대한 열정을 아직도 놓지 못하고 있는 이름도 있다. 지난 한 시절을 함께 한 이름들을 이번 동인지에 불러내는 것은 나름 의미가 있다. 사람이 어찌 앞만 보고 갈 수 있을까. 뒤를 돌아보는 것은 앞으로 나아가기 위한 힘을 얻기 위함이다. 그래서 이번에 기획 산문은 시를 통해 시를 쓰는 시인도 시를 읽는 독자도 한 편의 시에게 위안 받는다면 시를 쓰는 이유가 되지 않을까. 꽃이 피면 열매가 맺는 것은 당연하지만 꽃이 꼭 핀다고 꼭 열매가 맺는 것은 아니다. 그래도 우린 꽃을 피우기 위해 노력했고, 지금도 노력하고 있다. 그게 '객토문학동인'이다. 또한 우리가 시를 쓰는 이유는 '이웃'들과 함께 우리 이야기를 하기 위함이다.

제14집은 『봄이 온다』로 정했다.

2년 만에 마음을 모은 동인지다. 어떻게 하면 동인 활동을 좀 더 구체적이고 현실성 있게 할까. 실천을 바탕으로 한 활동을 할 수 있을까. 고민한 결과물을 내어 놓는다. 올 해는 지역의 역사적 현장을 직접 찾아보고 공부하고 시로 만들어 내고 현장에서 낭송을 하고, 그 역사적 사실에 조금이나마 다가가는 작은 실천을 했던 한 해다. 노민영 동인이 제안하고 다 같이 주제를 정해 '객토문학 스토리텔링'을 통해 나온 결과물을 싣는다. 마산 3.15와 4.19 그리고 김주열, 진전의 곡안리 민간일 학살, 부마항쟁의 현장을 답사하고 그 결과를 시로 표현하고 나아가 시낭송과 추모연주를 하면서 문학을 통해 실천하는 한 해였다.

제14집 『봄이 온다』, 도서출판 갈무리(2018)

동인 및 참여 시인	동인	노민영, 박덕선, 배재운, 이규석, 이상호, 정은호, 최상해, 표성배, 허영옥
	참여 시인	없음
작품 수	동인	제1부 '김주열과 3.15, 그리고 4.19' 기획시 8명 (10편), '전쟁과 평화, 인간의 두 얼굴' 기획시 7명 (8편), '항쟁, 아래로부터 피어난 핏빛 역사의 꽃' 7명 (8편) 제2부 '시로 말한다' 9명 일반시 (43편)
	외부	없음
기획 및 의도	기획	지역의 역사적 현장을 스토리텔링을 통해 표현
	의도 및 방향	의도는 '동인 활동 활성화'와 '지역'에 있다. 동인이 각자의 문학세계에 매몰되지 않게, 지역의 역사와 치열했던 현장을 통해 각자의 문학 세계를 넓혀 가기를 바란다. 문학 역시 개인주의에 빠지면 동인이라는 작은 조직의 한계가 뚜렷하기 때문이다. 기획들을 끊임없이 계획하여 함께 공부하고 고민하고, 현실에 참여함으로써 폐쇄적인 동인 활동을 폭 넓게 넓힐 수 있지 않을까 한다. 객토가 지향하는 방향이다.
	기타	올 해 선보인 스토리텔링은 의미 있는 활동이었다. 무엇보다 동인이 같은 시각 같은 공간에 만나 함께 시를 낭송하고, 역사적 현장을 둘러보는 것만으로도 역사적 현실에 좀 더 가까이 다가서기 때문이다. 아울러 깊이 있게 알지 못했던 역사적 사실을 공부를 통해 알게 되고, 시로 표현하는 일은 의미 있는 일이다. 동인간의 끈끈한 유대가 그 바탕이 되는 것은 당연한 일이고, 나아가 내년에도 새로운 활동을 계획하는데 많은 기대를 갖게 한다. 또한, 개인적인 시작 활동에도 도움이 됨과 동시에 동인이 함께 같은 주제를 통해 작품을 생산하는 것은 여전히 유효한 일이다.

제15집은 『가까이서 야하게 빛나는 건 별이 아니다』로 정했다. 말 그대로 우리는 눈앞에 보이는 것들에게 쉽게 눈길을 주는 삶을 살고 있다. 그렇다 보니 가짜가 진짜보다 더 진짜처럼 판을 치고 있다. 어느 것이, 무엇이 가짜인지 진짜인지 쉽게 구별 할 수조차 없게 되었다. 눈뜬장님이 따로 없다. 시대가 그렇다. 그렇다 보니 삶이 더 팍팍해지고 있다. 심지어 가짜뉴스로 인해 목숨을 잃는 일도 심심찮다. 이러한 가짜뉴스가 왜 판을 치고, 가짜뉴스에 목을 메는 사람들에 대해 생각해 본다. 올 해의 기획이 바로 '가짜뉴스'다. 가짜뉴스의 병폐에 대해 생각하고 토론하고 글을 쓰면서 어떻게 하면 가짜가 가짜로 진짜가 진짜로 다가서는 세상이 될 수 있을까 고민해 본다. 그리고 올 해부터 김성대 시인이 객토의 식구가 되었다.

제15집 『가까이서 야하게 빛나는 건 별이 아니다』, 도서출판 두엄(2019)

동인 및 참여 시인	동인	김성대, 노민영, 박덕선, 배재운, 이규석, 이상호, 정은호, 최상해, 표성배, 허영옥
	참여 시인	없음
작품 수	동인	제1부 '가짜뉴스' 기획시 10명 (20편), 제2부 '시와 삶, 삶과 시' 10명 일반시 (45편), 제3부 '가까이서 야하게 빛나는 건 별이 아니다' 기획 산문 8명(8편)
	외부	없음
기획 및 의도	기획	'가짜뉴스'의 병폐
	의도 및 방향	하루가 멀다고 가짜뉴스가 생산되고 있다. 가짜뉴스는 누군가 의도적으로 생산하고 퍼뜨리고 있다 자신의 정치적 목적을 달성하기 위해 지지자들을 중심으로 왜곡된 정보를 진짜인 양 퍼뜨리는 경우가 대부분이다. 그렇게 생산된 정보는 유명 정치인이 입을 통해 재생산되고 확대되어 진실인 양 많은 사람의 판단을 흐리게 만드는데 일조하고 있다. 이러한 가짜뉴스가 왜 생산되고, 퍼뜨려지는지 가짜뉴스를 없애는 대안은 없는지 동인들이 머리를 맞대 보았다.
	기타	올 해부터 경남작가에서 활동하는 김성대 시인이 객토의 일원으로 함께 활동을 하게 되었다. 기존 동인들에게 활력이 되기를 기대한다. 하루하루 삶을 이어가다보면 늘 새로울 수는 없다. 그래서 '타성에 젖는다.', '타성에 빠진다.' 라는 말이 생겼다. 기획 시집 두 권을 포함하면 열일곱 번째 묶음 집을 선보인다. 지금까지 동인지를 만드는 과정을 통해 동인과 머리를 맞대고, 삶과 문학이 하나라는 '삶의 문학'을 지향했지만, 결과물을 놓고 보면 부끄럽다. 동인들 삶이 팍팍해서 그렇다는 말은 하지 않겠다. 시를 쓰는 이유를 그곳에서 찾고 있지 않기 때문이다. 사람은 습관대로 행동하면 편안하다. 그것을 바꾸려면 힘이 들고 엄청난 노력 또한 필요하게 된다. 그래서 '세 살 버릇 여든까지 간다.'는 말이 생겼는지 모른다. 올해 동인지를 준비하면서 우리는 타성에 젖지 않았는지 반성해 본다.

16집은 『시작은 전태일이다』

제목에서 알 수 있듯, 올 해가 전태일 열사 50주기다. 그래서 올 해 동인지 기획을 '전태일'로 정했다. 우리가 발을 딛고 있는 곳, 그곳이 어디이든 전태일의 정신이 깃들지 않는 곳이 없다. 동인 각자가 처해 있는 현실에서 전태일의 정신을 살려내는 작품을 써 보고자 기획을 '전태일'로 잡았다. 잊을 수 없는 이름, 잊어서는 안 되는 이름 전태일. 이 번 동인지 기획 시는 동인지 뿐 만이 아니라 민주노총경남본부에서 시행하는 전태일 열사 정신 계승 시화전에도 함께 했다. 시화를 통해 열사의 정신을 널리 알려 내는 일에 함께 참여 하게 되어 더 뿌듯하다. 그리고 동인지를 판매, 마산창원지역 장기투쟁 사업장에 지원금을 지원, 기획 주제 전태일의 정신을 실천하였다. 노동자의 현실은 전태일이 살았던 때나 지금이나 별반 차이가 없다.

제16집 『시작은 전태일이다』, 도서출판 수우당(2020)

동인 및 참여 시인	동인	김성대, 노민영, 박덕선, 배재운, 이규석, 이상호, 정은호, 최상해, 표성배, 허영옥
	참여 시인	없음
작품 수	동인	제1부 '전태일' 기획시 10명 (20편), 제2부 '시와 함께 걷는다' 10명 일반시 (50편), 발문 및 내가 아는 객토
	외부	없음
기획 및 의도	기획	전태일
	의도 및 방향	주 52시간이 정착되어가고 있다. 하지만 여전히 근로기준법 사각지대에 놓여있는 노동자들이 많다. 외형적으로 노동자의 삶이 나아지는 것 같지만 현실은 그렇지 않다. 여전히 임금은 체불되고, 고용은 불안하고, 하루하루가 절벽인 삶을 살아가는 열악한 환경에 놓여 있는 노동자를 생각한다. 대기업 노동자라고 별반 다르지는 않다 언제 ㄱㄱㄱ징의 칼날에 목이 달아날지 모른다. 그게 작금 노동자가 처해있는 현실이다. 전태일 열사가 온 몸으로 외친지 벌써 50년이다.
	기타	동인지 묶음 집을 준비하면서 늘 그렇지만 올 해는 더 힘들었다. 이유가 무엇일까. 동인이 작품을 생산해내는 데 여유가 없기 때문이라고 이유를 찾아본다. 삶이 팍팍하다는 말 밖에 할 수 없다. 배재운 동인은 기존에 하던 식당일을 접고 새로운 일을 찾느라 바쁘다. 노민영 동인은 여전히 하루 3시간 정도 잠을 자면서 일하고 있다. 이규석 동인은 1년 단위 계약직으로 일한다. 동인들 삶이 이렇다 보니 글보다는 먹고사는 일에 더 매달릴 수밖에 없다. 그래도 동인지를 판매해서 나온 금액 5백만원을 마산창원지역 장기 투쟁사업장에 투쟁기금으로 지원함으로써 작은 실천을 한 것이 위안이 된다. 이번 동인지에는 두 분 시인을 모셨다. 이응인 시인은 '객토가 나아갈 방향' 에 대한 모색을, 이월춘 시인은 해설을 맡았다. 고맙다.

17집은 『태극기 전성시대』이다.

국기는 국가의 상징이다. 국가를 상징하는 국기의 진정한 모습은 어떤 모습일까? 국기가 국민 속에 어떤 모습으로 각인되어 있는지, 국민을 억압했던 독재시대의 잘 못된 국기에 대한 상징, 국기를 통해 국가가 강요했던 '애국'이 국민을 억압했던 독재시대, 애국과 저항의 태극기, 외세로부터의 침략을 극복할 때 권력의 독점에서 벗어나고자 할 때 더욱 빛났던 태극기, 이 상징의 태극기를 국민들 가슴에 올바르게 인식시키지는 못해도 국기가 가지고 있는 원래 모습을 되찾고 싶기 때문에 올 해 기획 주제를 '태극기'로 잡았다. 지금도 광장에는 태극기 물결이 넘친다. 저항과 애국의 상징인 태극기를 왜곡하는 저 광장의 태극기 부대가 흔드는 태극기와 성조기와 일장기 앞에 분노하지 않을 수 없다. 그런 마음을 모아 태극기의 진정한 상징은 무엇이며 어디에 있는지, 훼손된 태극기의 의미를 제대로 찾고자 동인 모두가 이번 동인지에 마음을 모았다. 이런 기회를 통해 국가를 상징하는 국기가 가진 진정한 의미를 되새겨 본다.

제17집 『태극기 전성시대』, 도서출판 수우당(2021)

동인 및 참여 시인	동인	김성대, 노민영, 박덕선, 배재운, 이규석, 이상호, 정은호, 최상해, 표성배, 허영옥
	참여 시인	없음
작품 수	동인	제1부 '모두의 태극기' 기획시 10명 (20편), 제2부 '시에 빠지다' 10명 일반시 (50편), 제3부 '휘날리는 태극기는 우리의 표상이다' 태극기를 주제로 한 산문 6편
	외부	없음
기획 및 의도	기획	태극기
	의도 및 방향	17집 기획주제는 '태극기'이다. 이번 기획주제를 통해 태극기가 가지고 있는 고유의 상징성을 통해 우리가 살아가는 현시점에서 태극기를 바라보는 관점과 태극기가 가지고 있는 그 만의 역할 등을 조명해 보고자 한다. 나라를 잃고 가슴에 품었던 태극기, 일상이 삶에서 나도 모르게 잊고 있었던 태극기, 태극기를 통해 현실을 바라보는 시선 등을 작품으로 생산하고자 한다. 객토문학만이 가지고 있는 특색인 '기획 시 생산'에 동인 모두가 참여하여 하나의 주제를 놓고 문학 작품으로 승화시키고자 한다
	기타	처음 기획 주제를 선정하고 '태극기'를 소재로 작품을 생산하는 것은 어찌 보면 편협하게 흐를 수도 있겠다 싶었다. 왜냐하면 알게 모르게 태극기가 우리에게 보편적인 모습으로 다가서지 않았기 때문이다. 이는 동인 개개인이 살아왔던 지난 시절과도 연관이 있다. 초등학교에서부터 국기를 통해 강요된 애국이 태극기를 더욱 낯설게 만들었기 때문이다. 길을 가다가도 국기에 대한 경례를 했던 시절을 떠올려보라. 저 광장에서 태극기를 두르고 태극기를 통해 자신들의 정치적 입지를 군히고 돈벌이에 눈이 벌건 광장의 태극기를 보라. 아직도 이 대한민국을 상징하는 태극기는 행복하지 못하다. 당연히 국기가 불행한데 어찌 국민이 행복할까. 저항의 시절이라면 오히려 태극기는 행복할지 모른다.

18집은 『아름다운 이름』이다.

18집에는 일제로부터 나라를 되찾기 위해 몸을 아끼지 않았던 독립운동가를 모셨다. 여기 모신 독립운동가는 동인들 출생지에 따라 그 지역 독립운동가 중 독립운동에 대한 증언이나 기록이 부족하여 혹은 사회주의 계열 독립운동가라 해서 그 공이 배제된 이들을 찾아 그분의 정신을 기리고자 했다. 아울러 그 분들이 실천했던 나라사랑의 길을 후손들에게 길이 이어지게 하는 것이 의무라 생각했다. 객토가 하는 일이 작고 미비하지만 이런 작업을 계속 해 나가고자 한다.

제18집 『아름다운 이름』, 도서출판 수우당(2022)

동인 및 참여 시인	동인	김성대, 노민영, 박덕선, 배재운, 이규석, 이상호, 정은호, 최상해, 표성배, 허영옥
	참여 시인	없음
작품 수	동인	제1부 '우리지역 독립운동가' 기획시 10명 (20편), 제2부 '시 마당' 9명 일반시 (45편), 독립운동가 연보
	외부	없음
기획 및 의도	기획	우리지역 독립운동가
	의도 및 방향	독립운동가 하면 떠오르는 분이 수도 없이 많지만, 그중에서도 독립운동을 했지만, 그 기록이 사라져 남아있지 않거나 사회주의 계열 독립운동가로 낙인찍혀 뚜렷한 기록이 있어도 독립운동가 서훈을 박탈한 국가의 만행과 아직도 독립운동가로 인정받지 못하신 분들, 그분들을 발굴 해내고 그분들의 뜻을 기리고 있다. 아직도 우리 사회 곳곳에는 일제 잔재와 친일 매국노 후손이 떵떵거리며 살고 있다. 이러한 때에 이런 독립운동가 정신을 따라 걷고 마음속에 되새겨보는 것이 나라 사랑하는 일이라는 것을 객토 18집 『아름다운 이름』은 말하고 있다.
	기타	독립운동하면 떠오르는 것이 친일 잔재다. 올해도 연례행사처럼 광복절이 지나갔다. 광복절 의미를 부러 되새겨 보지 않아도 이날만큼은 남녀노소 세대를 초월하여 일제가 우리 민족에게 가한 만행을 기억하고, 다시는 그와 같은 국치가 일어나지 않도록 다짐하고 행동하는 하루가 되었으면 하는 바람이다. 3.1운동과 대한민국 임시정부가 수립된 지 100주년이 지났다. 지금도 이 역사적 사실, 민족 정통성을 부정하는 이들이 사회 곳곳에서 국민들을 오도하고 있다. 이는 해방정국을 거치면서 반민족행위자를 청산하지 못한 배신의 시간 때문이다. 그 중심에 정치가 있다. 오늘날 광복의 의미를 다시금 되새겨야 할 이유가 이렇게 단순하다. 우리는 지난 동인지에 태극기를 기획주제로 잡아, 국가를 상징하는 국기가 갖는 의미에 대해 짚어 보았다. 이번 동인지에는 그 연장선에서 일제의 침략이 시작된 1876년 강화도조약 전후에서부터 빼앗긴 나라를 되찾기 위해 자기 삶을 통째로 조국 독립에 바친 독립운동가를 모셨다.

19집은 『설마, 우리 때까지는 괜찮겠지』이다.

제목에서 말해 주듯, 올 해 기획시 주제는 환경문제에 초점을 맞추었다. 아무리 강조해도 지나치지 않는 현실적 주제이다. 더욱이 이 지구별에 살아가는 사람이라면 환경 문제의 수레바퀴에서 비켜 설 수가 없지만, 아직도 나와는 상관없는 일이라고 멀리 차버리고 사는 이들이 대부분이다. 더욱이 자본이 주인인 자본주의 사회에서 환경은 더 많은 돈을 축적하고자 하는 자본가의 먹잇감에서 벗어나지 못하고 있다. 이런 때에 시가 할 수 있는 힘이 그리 크지는 않지만 나름 그 역할을 다하고자 기획시에 동인들의 마음을 모아봤다.

제19집 『설마, 우리 때까지는 괜찮겠지』, 도서출판 수우당(2023)

동인 및 참여 시인	동인	김성대, 노민영, 박덕선, 배재운, 이규석, 이상호, 정은호, 최상해, 표성배, 허영옥
	참여 시인	없음
작품 수	동인	제1부 '기후위기' 기획시 10명 (20편), 제2부 '시 마당' 9명 일반시 (48편)
	외부	없음
기획 및 의도	기획	기후위기
	의도 및 방향	기후위기 하면 떠오르는 게 재앙이다. 누구도 비켜 갈 수 없는 환경적 재앙은 아무리 인류의 기술이 발달해도 해결 할 수 없는 일이다. 이런 상황에서도 여전히 인간은 먹고 사는 일에 여념이 없다. 내일이 없는 삶이지만, 내일을 꿈꾸고 사는 게 인간이다. 이런 현실을 동인 각자가 발을 딛고 있는 현실을 바탕으로 환경문제에 다가서는 작품을 만들어 보기로 한다. 나아가 실천 할 수 있는 작은 문제부터 챙겨보자는 소박한 바람을 시에 담아보았다.
	기타	환경문제는 특별한 문제가 아니라 보편적인 문제가 되었다. 그렇다 보니 환경문제를 시로 써 내기란 쉬운 일이 아니다. 목소리만 높인다고 환경문제가 해결 되는 것이 아니기 때문이다. 기후위기 시대에 작은 실천이라도 할 수 있는 일을 먼저 찾아 행동하는 것 또한 시를 쓰는 시인의 역할이지 않을까. 해서 동인들은 동인지가 나오고 경남작가, 경남기후위기비상행동, 마창진환경운동연합과 함께 창원 정우상가 앞에서 거리출판회를 갖고 시민을 상대로 기후위기를 알려 내는 행사를 가졌다. 그리고 2024년 3월 31일 거제 노자산 주차장에서 '골프장 말고, 팔색조와 대흥란! 노자산 지켜요'라는 주제로 열린 문화제에 참석하여 동인들이 직접 쓴 노자산 개발 반대 시를 낭송하기도 하였다. 이런 일련의 작은 행동이 지구별에 닥쳐오는 환경적 재앙을 멈추고 우리 자손들이 대대손손 살아갈 환경을 만드는 일이지 않을까 한다. 이번 동인지를 통해 환경문제 해결을 위해 시인이 해야 할 역할이 무엇인지 더 깊이 고민하는 계기가 되었다.

* 김성대

경남 마산에서 태어나 2013년 『경남작가』로 작품 활동을 시작했으며, 시집으로 『나에게 묻는다』가 있다. 2020년 제1회 〈부마민주항쟁문학상〉을 수상했다.

* 노민영

경남 마산에서 태어나 2005년 『경남작가』로 작품 활동을 시작했다. 시집으로 『섬』이 있다

* 박덕선

경남 산청에서 태어나 무크지 『살류주』, 『여성비평』으로 등단, 시집으로 『꽃도둑』, 『술래야 술래야』 가 있다

* 배재운

경남 창녕에서 태어나 2001년 제10회 〈전태일문학상〉을 수상했으며, 시집으로 『맨얼굴』이 있다.

* 이규석

경남 함안에서 태어나 1987년 〈고주박동인〉으로 작품 활동을 시작했으며, 시집으로 『하루살이의 노래』, 『갑과 을』이 있다.

* 이상호

경남 창원에서 태어나 1999년 〈들불문학상〉을 수상했으며, 시집으로 『개미집』, 『깐다』가 있다.

* 정은호

경남 진주에서 태어나 1999년 〈들불문학상〉을 수상했으며, 시집으로 『지리한 장마, 그 끝이 보이지 않는다』, 『방바닥이 속삭이다』, 『쉬운 산은 없다』가 있다.

* 최상해

강원 강릉에서 태어나 2007년 『사람의 문학』으로 작품 활동을 시작했으며, 시집으로 『그래도 맑음』, 『당신이라는 문을 열었을 때처럼』이 있다.

* 표성배

경남 의령에서 태어나 1995년 제6회 〈마창노련문학상〉을 받으며, 시를 쓰기 시작했다. 시집으로 『아침 햇살이 그립다』, 『저 겨울 산 너머에는 』, 』『개나리 꽃눈』, 『공장은 안녕하다』, 『기찬날』, 『기계라도 따뜻하게』, 『은근히 즐거운』, 『내일은 희망이 아니다』, 『자갈자갈』, 『당신은 누구십니까』, 『당신이 전태일입니다』 등이 있으며, 시산문집으로 『미안하다』가 있다. 제7회 〈경남작가상〉을 수상했다.

* 허영옥

경남 의령에서 태어나 2003년 『경남작가』로 작품 활동을 시작했으며, 시집으로 『그늘의 일침』이 있다. 제10회 〈경남 작가상〉을 수상했다.

■ 〈객토문학〉 동인지 및 기획시집

- 제1집 『오늘 하루만큼은 쉬고 싶다』 도서출판 다움(2000)
- 제2집 『퇴출시대』 도서출판 삶이보이는 창(2001)
- 제3집 『부디 우리에게도 햇볕정책을』 도서출판 갈무리 (2002)

  배달호 노동열사 추모 기획시집 『호루라기』 도서출판 갈무리(2003)
- 제4집 『그곳에도 꽃은 피는가』 도서출판 불휘(2004)
- 제5집 『칼』 도서출판 갈무리(2006)

  한미FTA 반대 기획시집 『쌀의 노래』 도서출판 갈무리 (2007)
- 제6집 『가뭄시대』 노서출판 갈무리(2008)
- 제7집 『88만원 세대』 도서출판 두엄(2009)
- 제8집 『각하께서 이르기를』 도서출판 갈무리(2011)
- 제9집 『소』 도서출판 갈무리(2012)
- 제10집 『탑』 도서출판 갈무리(2013년)
- 제11집 『통일, 안녕하십니까』 도서출판 갈무리(2014년)
- 제12집 『희망을 찾는다』 도서출판 갈무리(2015년)
- 제13집 『꽃 피기전과 핀 후』 도서출판 갈무리(2016년)
- 제14집 『봄이 온다』 도서출판 갈무리(2018)
- 제15집 『가까이서 야하게 빛나는 건 별이 아니다』 도서출판 두엄(2019)
- 제16집 『시작은 전태일이다』 도서출판 수우당(2020)

- 제17집 『태극기 전성시대』 도서출판 수우당(2021)
- 제18집 『아름다운 이름』 도서출판 수우당(2022)
- 제19집 『설마, 우리 대까지는 괜찮겠지』 도서출판 수우당 (2023)
- 제20집 『다시, 민주주의 다시, 평화』 도서출판 수우당 (2024)